JN057011

句集
半裸の木

金丸和代
Kazuyo Kanamaru

朔出版

序

この時代、文学運動などと言ったら笑われるだろうか。

子規の「ホトトギス」から始まり、「馬酔木」「天狼」「萬緑」「鶴」「寒雷」「海程」等の俳句誌はそれぞれの俳句というものに対する独自の見解を掲げて世に問うて来た。これらの雑誌は従来「結社」という名で呼ばれていたが、そういう呼称が気恥ずかしく思える時代がかなり前から来ていて、最近はあまり結社とは呼ばなくなった。それとともに俳句の新しい方法を打ち立てるなどという言い方もしなくなった。

「写生」がそうであったように、俳句においては、新しい方法を提起し実践し、俳句という概念を変えてゆく可能性はこれからもあるように思える。俳句は多くの約束事に縛られて来たからだ。やってはいけないこと、用いてはだめな言葉。曖昧なバリアーがなんとなく張られたままそれが不文律になった約束事。謂れの無い約束事、謂れがあっても不条理な約束事。それらが多ければ多いほど新しい試みの可能性は膨らむ。

金丸和代さんの実践の成果は多彩かつ新しい。多彩な傾向の「特徴」を挙げ、僕なりの解説を加えてみたい。

先ず、客観的に写すという「写生」手法の基本を踏んでいながら、そこに写し出される景色はこれまでに全く見なかった世界。

ハイソックスとスカートの間鮫通る
公民館の青いスリッパ初夢に
雲の峰カルピスで飲むロキソニン
受験子が呟くエリザベス一世と
青木の実県下交通事故死七
屋上より見る屋上の花芒
股に傘はさみて四月号開く
つちふるや矢印運ぶ警備員

「ハイソックスとスカートの間」にはわずかな隙間がある。水族館の大きなガラスの前に女の子が立てば、その隙間の向う側を水中の鮫が抜けて行く角度は視覚的に生じてくる。或る新鮮な角度から対象を写し取る、これは「写生」の要諦。

初夢に出て来た「公民館の青いスリッパ」はとてもリアル。初夢に係累や故郷が出て来る大嘘に比べたら、この句は極めてまともな写生句そのもの。「カルピスで飲むロキソニン」や「受験子」が呟く世界史の一項目はまさに日常。これらが奇抜な発想に思えたらそれは俳句的情趣なるものに侵されている自分を省みた方がいい。

「青木の実」「屋上より」は着眼の角度。

「股に傘はさみて」は季語のこなし方。春と雨の関係のような通念的季語情緒もきちんとこなしながら、視覚的焦点は股を用いた動作に向けられる。焦点は季語ではないのだ。

「つちふるや」は見たままでありながら矢印を運ぶ人間に寓意も感じられる。いわゆる「人間探求派」的な作品。

次に、ものや情景を写し取ったとき、その景にどういう「詩」が存するのかという提起。

散髪を終へて鰻の前に座す
大学の近づき素足増えにけり
先頭に教習車ゐる初時雨
新米をもらふ妻無き男より
アレルギー性植物一覧団扇絵に

僕の家の近所の鰻屋のオヤジは禿げていて痩身、鰻に似ている。毎日調理している鰻の祟りなら鰻塚でも建てたらいいのにと思ったりする。散髪を終えると鰻に似て来る。これはそういう「詩」。

大学・若者・素足。二句目は連想がもたらす結びつきを再構成している。

先頭に教習車がいるとき、続く車はみないらいらしていると三句目は言っている。これは共通認識だろう。共通認識なのにどうして詠えないのか。「いらいら感」は「詩」にならないと思うから、その感覚を俳句に詠もうとする着想がそもそも無い。和代さんはそこを突く。

新米を呉れる側に妻がいない。四句目はそういう句。ここに驚きは無いと言う俳人は無自覚。新米を貰う俳句はほとんどがふるさとや縁故や友人から貰う。くださる側の思いやりといただく側のありがたさが新米を貰う句の「通念」だから、贈ってくださる側の家族構成までは思いが至らない。至らないというより通念を詠うことにみんな精一杯なのだ。

五句目の団扇も決して珍奇な対象を選んでいるわけではない。実際のところ団扇をお金を出して買う人は、今はほとんどいないのではないか。宣伝広告で貰う団扇がほとんど。そこにはさまざまな製品の名前や広告が書かれている。この団扇にはアレルギー性植物の一覧が書かれている。この事柄が奇異なことであるはずがない。まさしく正統派写生句と言っていい。

和代さんの句を読んでいくと、なんでもないものの形や風景が実に新鮮な様相をもって見えて来る。そしてその様相に驚いた後、実はその様相は、見える角度や虚飾の無い現実をそのまま写し取ったのだと解って来る。意匠を凝らした表現ではなく、むしろこれまでの俳句的情緒と技術を盛った意匠を剝ぎ取った後に現れてくる生々《なまなま》しいひりひりする「現在」だ。

和代さんの「眼」は「社会」にも向けられる。句集の題となった、

デモ隊と十一月の半裸の木

は「裸木」という冬の季語を分解して擬人化することで人間に加えられている政治的暴力を象徴させている。「半裸の木は季語なんかじゃありません、比喩です」とこの句は主張する。だから「十一月」を置いたのだと。

この傾向の句は、他にも、

梔子の花と成層圏に穴
餓ゑし子の脚がいつぱい曼珠沙華
安全旗と社旗を春野に立てて行く
夏の湾「集会するな餌やるな」
爆音が鱓の形に冬ざるる

ここまで書いて来てふと「橋頭堡《きようとうほ》」という言葉が浮かんだ。

橋頭堡、『広辞苑』にはこうある。
①橋梁を直接掩護《えんご》するため、その前方その他必要な所に築設する陣地。
②渡河・上陸作戦の際、その地点を確保し、後続部隊の作戦の地歩を得るための拠点。また比喩的に、拠点・足場。
現在只今を凝視しながら「写生」の意味を問い返す。
金丸和代は「街」という文学運動の橋頭堡だ。

今井　聖

二〇一八年　立秋の日に

句集　半裸の木　目次

写真　藤谷美貴雄
装丁　奥村靫正／ＴＳＴＪ

句集　半裸の木

Ⅰ　乳と蜜柑

二〇〇四年〜二〇〇九年

北極の細る世紀や桜餅

鍋の影ついと動きぬ糸桜

朧より中学生の大鞄
すぐに日の翳る玄関花菫

花の昼何か数ふる指折りて
明るさが痛みとなりぬ朝桜

春の暮子鬼の跳ねるシルエット
ポップコーンの点々揺れて春の鴨

自転車を分解する目梨の花

サイドミラーで乾く白シャツ昼休み

メーデーやパチンコ好きの父であり
理科室で蛹となりぬ梅雨の朝

梔子の花と成層圏に穴

散髪を終へて鰻の前に座す

梅雨の窓戦闘ゲーム始まれり

青蔦の窓に向き合ひ水ばかり

ダイレクトメールのみの日髪洗ふ

夏の月母逝きてより二キロ増ゆ

梅雨満月胎児が伸びをしてをりぬ

犬の尾の夏毛となりぬ雨の粒

蝶を狩る蟻黒々と濡れてをり

母の名のよく出て笑ふ百日紅

大学の近づき素足増えにけり

裏山の丸ごと消えし夏座敷

口紅を全て捨て去り夏野行く

雷過ぎし坂道に螺子光りけり

給食当番の半円帽が夏の雲

消灯後六人部屋の暑さ急

積乱雲小児病棟へ迫りくる

捕虫網二つ引越しの玄関に

冷房車ひとりひとりの足違ふ

不味さうに翅の残りし日陰かな

登山バッチ書棚の上段いつぱいに

月と沼引き合つてをり水馬

子の机捨つる朝や夏燕

梅漬けて夜は睫毛の影の濃し

ひとつづつ縞のずれゐしサンドレス

本郷の大盛りカレー糸瓜咲く

炎昼の川を覗けば河童の目玉
にぎやかなワゴン車萩をこぼしつつ

新しき「止まれ」の白字花カンナ

入浴車止まりジンジャーの花香る

餓ゑし子の脚がいつぱい曼珠沙華

草の穂や神話のやうな白球来

丸暗記してゐる窓を月過る

長き夜の世界史に引くアンダーライン

金木犀テレビ明かりを道路より

木を伐るや神殿に湧く大浮塵子

秋日濃き窓におじぎの頭見ゆ

鼻歌はインターナショナル昼の月

子世帯の二階より小豆煮る匂ひ

紅葉山抜け来し鴉赤く塗る

足首の美しき頃霜柱

縄跳びの背を打つ髪の恐ろしき

ビタミン剤の箱落ちてゐる冬芽の下

姉妹集ひ座敷に乳と蜜柑の香

一夜にて歩く子となる冬木立

雪降りて新車の匂ひ強くなる

シベリアが広がる父の羽根布団

遠く来て冬の花火のポスター見ゆ

ハイソックスとスカートの間鮫通る

拍手鳴り象あざらしに冬の艶

宝籤捨てし籠より冬の鳥

火の見えぬコンロに換へてお正月

ポストに音水平線の凍みにけり

君の問こつんと赤し雪の街

水仙の終りは縮み猫通る

Ⅱ　唇に罅

二〇一〇年～二〇一一年

残されし眼鏡黒飴春曙

春寒の顔に収まる上下の歯

立ち乗りの夜のふらここのきしみかな

カレンダーの小犬を愛す春の月

秩父吟行　二句

川岸も川底も石春の地震

御祓ひ受くる六つの踵蟻出づる

春夕焼口を閉ぢない鰐二匹

安全旗と社旗を春野に立てて行く

地に壁に唇に罅水草生ふ

鶏飛んで伸び放題の桑畑

駅弁の梅干の赤花疲れ

洞に水溜めて真昼の桜かな

つくだ煮の魚絡み合ふ春の朝

霾ぐもり東京の校庭壺の底

鶴白鳥鶏病みぬ花粉の中

春闘の始まる遺影にコップ酒

踊り子が腹筋鍛ふ花の昼

花見より帰れば犬の老いてをり

画像に満つる乳房組織が春の海

アスファルトに数字矢印新樹光

古代の武器小より大へ楠若葉

草刈り機無数の卵弾きゆく

産声や鋼のごとき青蜥蜴

二十分で見慣るる薔薇も軍艦も

夏の湾「集会するな餌やるな」

夏木立テントのひとつより拍手

母呼べば醒めた金魚になつてをり

空中に蛇の目のある順路かな

平凡な午後よもじやもじや栗の花

顔上げて叱られてをり百日紅

グッピーの消えて液晶テレビ来る

峰雲は銀色校庭は無人

赤蟻も海描く白も盛り上がる

爆音で天気占ふメロン畑

蜘蛛の網真下に鯉の口開く

馬場当脚本「乾いた花」

熱帯夜「息が臭せえ」といふ一行《いちぎやう》

捕虫網で拾ふ花びら露天の湯

青トタン屋根を曲ると梨の花

真白な髪一本の炎暑かな

恵まれし子ら降りる駅白木槿

傷のごと白き新車に秋の蝶

髪切ると家遠くなる葛の花

ふる里に送り火係として帰る

饅頭の皮の分厚し稲穂の香

土手に足かけて斜めに葛を刈る

バスタオルが犬の全長秋の雲

新松子父の隣に座らぬ子

海見えて鹿出る墓を買ひし母

土佐犬を連れねば老人秋の昼

男二人が釣瓶落しの屋根の上

兄弟並ばず歩く一位の実

木枯や検査ベッドで眠くなる

縄編みのページより出づ鳥の羽

先頭に教習車ゐる初時雨

逆立ちの蛸のやうなる大枯木

ソフトバンクアコムユニクロガスト冬

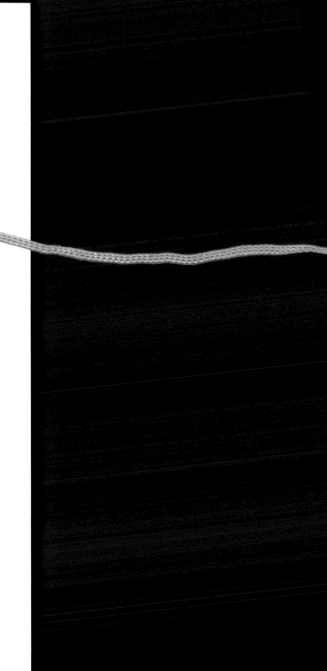

息白し目立たぬ子だつたと誰も言ふ

卵溶くやうな音立て冬の歯科

白息の列学校に捕はるる

家の影家を覆ひぬ白障子

公民館の青いスリッパ初夢に

冬深し落ちない口紅で逢ふ

音立てて雪降りをると現場より

Ⅲ　耳の日

二〇一二年～二〇一三年

紅梅を挟み防災倉庫二個

髪染めて耳朶のやうなる春の街

朝東風に立つ母たちの身分証

春の暮落とせし戦車動き出す

星月星一直線や蛇出でて

朧夜の玉葱卵ひとり言

耳の日とある雛の日の掲示板

強東風やマスクに似合ふ眉を描き

大股に黄色のタイツ納税期

木に登り人でなくなる春の夢

弁天は全裸白塗り春の風

麻酔まだ残る唇チューリップ

産湯の子ガンジーに似て夏近し

モデルハウスの便器の白さ薔薇の白さ

窓拭く手呼ぶごと揺れて虹立てり

初夏の筋切り忘れしポークソテー

雲の峰カルピスで飲むロキソニン

山羊チーズ食む花嫁の歯の白し

夕立の過ぐる間に消ゆ藻の卵
コンクリート渡る毛虫の全筋力

吊るしおきしバナナに裂け目時計鳴る

夏の雨描きし眼に見られけり

カンガルーの昼寝雄のみ直立し

耐震補強の大きな斜め雲の峰

栗の花支へて幹の暗くなる

雷過ぎて足つぼ図表残りけり

夏草の深き所にピンポン玉

虫籠に蟬殻ばかり集め来る

凌霄花の密集照らしUターン

メロン切る葬儀収支を終へし夜

六本木のビルの角よりプール臭

縞のシャツ西日の駅に向けて干す

蟬殻を踏む音砂漠広がる音

パナソニックの撤退空間虹の根に

鍋蓋に西瓜二切れ置いて行く

だんだんに悪口になる桃の昼

目の大きままに老いけり桃の種

火口湖は毒の青色秋澄めり

スリッパに他人《ひと》の体温秋立ちぬ

銀ヤンマ筋肉質の風が来る

騎馬戦の全員靴を脱ぎはじむ

満月を見てゐる重心ずれていく

万葉の里に真つ赤な稲刈機

綿の実の弾ける前の青さかな

髪に手を入れれば熱しピラカンサ

新米をもらふ妻無き男より

自転車と子の数同じ茨の実

三日留守林檎の匂ひ部屋に満ち

機影過ぐ魚卵のごとき雲引きて

膝に受くる紅葉の緑黄赤穴

デモ隊と十一月の半裸の木

大根引く人に名刺を渡しをり

時雨るるや夜の自販機に囲まれて

冬の靄無視の眼の充満す

冬ざるるカートに増ゆる雑多な国

雪払ひをれば金色の釦出づ

新雪に朝定食ののぼり旗

元東ドイツと言うて黒セーター

ポケットに文鳥のゐる冬旱

神棚に縕袍の先代築地店

子等来ると青黴早し鏡餅

雨音や真冬のトマト湯剝きする

どこまでも軍国少女葱が好き

Ⅳ　嚙みつき癖

二〇一四年〜二〇一五年

早春やさざ波どれも犬歯持つ

薔薇の芽の赤とアーチの錆の赤

面裏の鼻の凹みや雪解風

山に残雪ハイソックスに縞二本

春服のどこか光らせ友五人

春の夜のユニセフコマーシャルの子ども

カフェラテの泡の密集卒業期
受験子が呟くエリザベス一世と

啓蟄や裾を下ろせば砂ざざと

春重し耳の奥より靴の音

春の雨天麩羅匂ふ駅ホーム

春深く塔の跡あり臍めけり

伸縮の自在な家族薔薇園に
汗の子のホットケーキに似し匂ひ

六月の教室ソース臭かすか

梅雨の山けぶり畳の縁の青

鬼の顔負ひて白蛾の張り付きぬ

繰り言めくさだまさしの歌梅雨深し

夏河が照らす高速道の腹

黒日傘増え行く街を抜け出せず

アレルギー性植物一覧団扇絵に
下の子の噛みつき癖や百日紅

夏座敷立てば電力風車見ゆ

手の平の奥の筋肉胡瓜もむ

蛾の粉に覆はれてゐる昼寝覚

泣き女のやうに尺蠖身を反らす

花ユッカ唇真つ赤な仏座す

日に一度サングラスしてコンビニへ

難民の青きスカーフ夏行きぬ

椅子の背に粘り生まれて霍乱す

初秋の睫毛のやうな薔薇の虫

蛸焼にコーラ並べて休暇果つ

瘤となり蕾となりて秋の蟬

泡立草託されし子を持て余す

踏み台の真中の凹み葡萄園

秋冷や竹の手摺をみな摑む

ハロウィンの夜の答案用紙かな

雨靴に芒飾りしウィンドー

姥捨山《うばすて》に相似形なる柘榴の実

パイプオルガン奏者榠樝の実の高さ

カンナ濃し父も殺したかもしれぬ

秋深し照りの出るまで餡を煮る

人工声帯の声の直線草紅葉

自販機の内部の秩序冬に入る

解体跡の綿虫にエネルギー

爆音が鱏の形に冬ざるる

青木の実県下交通事故死七

冬の鳶だんだん増ゆるドラム缶

V

覗けば扉

二〇一六年〜二〇一八年

林ごと二晩揺れて春になる

リハビリのジグソーパズル春白し

何も置かぬシステムキッチン冴え返る

辛夷の芽母となり吾子欲深に

三月や表紙に内耳拡大図

春の夜のコーラで煮込む肩ロース

バカバカと斑入り椿の花びらで
つちふるや矢印運ぶ警備員

ポリエステルアクリルナイロン春の風

孕み猫紐がすりきれさうに鳴く

桜蕊踏みて歩測を始めをり

句読点打ちしその後チューリップ

凍結卵子保管病棟花曇

股に傘はさみて四月号開く

進路から避妊の話へヒヤシンス

骨と骨交差す春の科学館

証明写真の椅子のさびしさ花曇

行く春の二段ベッドの見ゆる窓

藺蔵の真つ暗がりの段差かな

生卵に一粒の赤夏に入る

中古物件避暑地特集花茨

弾力や急流に沿ふ蜘蛛の糸

蘭鋳は過剰の二乗ぷらす泡

十五秒かき混ぜるだけと夏レシピ

天井にスプリンクラー梅雨の咳

鴉の子黒一色が未来なる

万の手の触れし欄干桜の実

紫陽花は乳房の弾力デモ途中

シュッと目に風来る検査梅雨長し

物納と決めし一画枸杞の花

猿の役出でて始まる夏祭

蠅叩きと止まりしままの大時計

城跡の茂りの底のだんご虫

冷房車一列全員が伏し目

初秋の展示ベッドの低反発

屋上より見る屋上の花芒

鶏頭の襞の硬さは劣等感

秋の水覗けば扉現るる

白く濃き羊の睫毛葛嵐

台風裡洗濯の渦反転す

浮塵子湧く案内板の赤い道

水引草しごけば樹海出入口

灯を消してレモンが宙に浮く一瞬

管理組合鴨の集まる木を切りぬ

男の手白し初冬の山手線

火気厳禁の上びつしりと花柊

綿虫や祝詞の中に住所と名

野球帽の庇のカーブ暮早し

コンビニが龍宮になる霙の夜

餅搗きの杵が力を抜く高さ

魚の口より引つ張る寒き浮き袋

母を看て雪を下ろして賀状出さず

かいつぶりで君との視線繋がりぬ

思考の原点か雪の日の土葬の穴

餅つきの終りて夜の臼の息

カーテンを洗ひし冬の夜の空気

吊つてすぐ視力を試す新暦

葉牡丹が乾く読まずに本返す

暖房は強淋しくて出る欠伸

大寒の水平線が塀の上

句集　半裸の木　畢

あとがき

初めて「街」の句会に参加してから、十四年が経とうとしています。泳げもしないのにいきなり足のつかないプールに投げ出されたような初句会。それでも会場の密度の濃さと、今井聖主宰の情熱にすっかり虜になり、せっせと句会に通うようになりました。

一つの物をさまざまな角度から見る、流さず深める、わがままで良い、皆と同じであることに安住しない、いつもまっさらな目を持つ。どれも私が「街」の中で学んできたことです。

街宣言に示されているように、「街」は〝私〟を解放することを目指している結社です。三〇一句をまとめたこの句集のどこかに、その主張が生きていて欲しいと願っています。

句集出版にあたり、今井先生から温かく且つ身の引き締まる序文と帯文を賜りました。厚く御礼申し上げます。
日頃より支え励ましてくださる俳句仲間の皆様、そして「街」との出会いを作ってくれた友人に感謝します。藤谷美貴雄さんにはアートの使用を御快諾いただきました。また、朔出版の鈴木忍さんには多くの助言をいただきました。心より感謝申し上げます。

二〇一八年八月

金丸和代

著者略歴

金丸和代　かなまる かずよ

1943 年　高知県生まれ

生後間もなく福島県会津地方に移住

2004 年 「街」入会

現在「街」同人、俳人協会会員

現住所　〒 253-0006　神奈川県茅ケ崎市堤 41-16　F10-16

句集　半裸の木　はんらのき

2018年9月25日　初版発行

著　者　　金丸和代

発行者　　鈴木　忍

発行所　　株式会社 朔《さく》出版
郵便番号173-0021
東京都板橋区弥生町49-12-501
電話　03-5926-4386
振替　00140-0-673315
https://www.saku-shuppan.com/
E-mail　info@saku-pub.com

印刷製本　中央精版印刷株式会社

©Kazuyo Kanamaru 2018 Printed in Japan
ISBN978-4-908978-16-6　C0092

落丁・乱丁本は小社宛にお送りください。送料小社負担にてお取り替えいたします。
本書の無断複写、転載は著作権法上での例外を除き、禁じられています。
定価はカバーに表示してあります。